너는 너대로 아름답다

이성진 시집 너는 너대로 아름답다

1판 1쇄 펴낸날 2020년 2월 25일
지은이 이성진
펴낸이 이재무
책임편집 박은정
편집디자인 민성돈, 장덕진
펴낸곳 (주)천년의시작
등록번호 제301-2012-033호
등록일자 2006년 1월 10일
주소 (03132) 서울시 종로구 삼일대로32길 36 운현신화타워 502호
전화 02-723-8668
팩스 02-723-8630
홈페이지 www.poempoem.com
이메일 poemsijak@hanmail.net

이성진ⓒ, 2020, printed in Seoul, Korea

ISBN 978-89-6021-477-4 03810

값 10,000원

너는
너대로
아름답다

이성진 시집

천년의 시작

모든 사람은 꽃이다
웃으면 모두가 예쁘다
누구나 자신만의 빛나는 것이 있고
자신만의 가치가 있다
때로는 나만 못났다고 실망할 때도
한 번쯤 열등감을 가진 때도 있을 것이다
하지만
사람은 누구나 소중하다
당신도 들꽃처럼 활짝 웃기를
당신도 들꽃처럼 당당하기를
당신도 들꽃처럼 아름답기를
너는 너대로 아름답다

차 례

시인의 말

해 설

들꽃

이름 모를 들꽃도
잘 알려진 꽃도
꽃이라서 아름답다
너는 너대로 아름답다

벚꽃에게

하얀 비 날리며 흩어지는 너의 모습
봄빛 좋은 날 나도 너처럼 황홀하게 날고 싶어

꽃잎을 하나하나 엮어 꽃 피우려고
얼마나 긴 겨울밤을 참고 인내했는지
말하지 않아도 알아

늦은 봄이 오면 분홍 꽃잎 우수수 떨어져
아쉽고 안타깝지만 내리는 꽃비를 보면
봄이 참 아름다워

무심한 세월이 흐르고 또 봄 오면
바람에 실려 꽃잎 타고 하늘로 올라
잊지 않고 찾아오겠지

기차역에서

기차가 서서히 출발하기 시작했다
누군가에게는 새로운 출발이고
또 누군가에게는 슬픔의 시작일지 모른다
역에 수많은 사람들이 오가고
나는 그곳에 있다

일상에서 새롭게 무엇인가를 찾을 수 있다면
얼마나 좋을까
새로운 기대
시작되는 설렘
오래도록 잊고 있던 심장의 뛰는 소리를
듣고 싶다

매일 같은 일상에서 무언가 새로운 동력이 필요하다
목적이 있고 목표가 있는 삶은 지치지 않고
어떤 어려움과 난관도 이겨낼 것이다
지금 다시 새롭게 출발한다
힘찬 기적을 울리며 떠나는 기차를 타고

연가

당신이 없으면 나도 없습니다
하늘이 있어 구름이 있듯이
산이 있어 나무도 삽니다

당신이 없으면 나도 없습니다
바다가 있어 물고기가 있듯이
흐린 날이 있어 맑은 날도 있습니다

당신이 없으면 나도 없습니다
해가 있어 꽃이 핍니다
달이 있어 별이 빛납니다

당신이 없으면 나도 없습니다
당신이 있기에 나도 있습니다

꽃향기

꽃향기가 풀풀 날리는 어느 봄날입니다
이 향기 한 아름 묶어 그대에게 보냅니다
산들바람에 실려 오는 향기에
반가워하실 그대를 생각하면
입가에 미소가 떠나질 않습니다

숲을 걷다 들려오는 새소리는 내게 속삭이고
향긋한 꽃향기는 온 산을 덮습니다
그대의 지친 어깨에 사랑을 담아 날리는 이 향기는
친구가 되고 위로가 되었으면 합니다

꽃향기가 풀풀 날리는 어느 봄날입니다
이 향기 한 아름 묶어 그대에게 보냅니다
멀리 있어 더욱 소중하고 그리운데
그 마음 느끼며 기뻐하실 그대를 상상하면
내 마음도 꽃처럼 봄 하늘을 납니다

제비꽃

보랏빛 제비꽃이 피었습니다
무심히 지나는 길에
언제부턴가 눈으로 들어와 작은 웃음을 줍니다

눈물로 서있는 날에도
행복해 웃음 짓는 날에도
작은 꽃이지만 꽃이라서 예쁩니다

보랏빛 제비꽃이 피었습니다
내 마음에도 작은 꽃 하나 피었으면 좋겠습니다
누군가에게 위로가 될 수 있게
누군가에게 사랑이 될 수 있게

사람이 꽃처럼 아름다운 세상이면 좋겠습니다
서로에게 희망일 수 있게
서로에게 축복일 수 있게

아름다운 약속

내 사랑
사랑하는 맘으로 온 정성을 드림은
그대 사랑하는 마음이 참말로 진실임을

거친 소낙비 속에서도 떨리듯 숨소리 죽이며
천년 뒤쯤에나 피었을 한 송이 민들레꽃처럼
내 오랜 기다림이 세월의 무던함으로 막힌다 해도
그 세월이 사랑을 막지 못함은
그대 사랑하는 마음이 참말로 진실임을
처음 사랑한 마음이 진정한 축복임을

비바람에 거친 벌판에서도 견디고
폭풍이 몰아치는 광야에서도 견디고
좋아하는 연인이 천년 전에 보았을 그 별을 보며
변하지 않겠다 약속한 마음이 참말로 진실임을

길에 대한 생각

길이 끝나는 곳에 또 길이 있다
멈추지 않는다면 그 길을 갈 것이다
살아간다는 것은 매일매일 새로운 일을
만난다는 것
길을 가다 보면 순간순간 새로운 것과
만난다는 것

여름밤 이야기

풀 한 포기 나무 한 그루에도
사연은 있습니다
저물녘 보랏빛으로 물들어 가는 이곳이
고단한 사람들을 품은 넉넉한 가슴입니다

귓가에 풀벌레 소리가 아름답고
흐르는 냇물은 멋진 합창이 되어
달빛도 함께 노래합니다

넓은 하늘이 지붕이고
별은 반짝이는 이불입니다
어린 시절 여름밤의 추억에 젖으면
이곳은 어느덧 하나하나 재미난 동화가 됩니다

눈이 온다

눈이 온다
교실 창밖을 뛰어나가
신나게 눈싸움하던 시간
첫눈 오는 날 시계탑 앞에서
만나기로 한 시간
눈 오는 성탄절이면
더욱 의미를 가졌던 시간

지금 눈이 온다
이젠 집 밖을 나가기 싫다
첫눈 오는 날 언제 갔는지도 모른다
눈 오는 성탄절은 별 의미가 없다
세월이 흐르면 낭만도
세월이 흐르면 가슴도 멈춘다

겨울 노래

봄을 기다리듯
꽃을 기다리듯 너를 본다
짙은 어둠 속에 소망이 있고
동토에도 눈이 녹듯
겨울은 그래도 괜찮다

눈발을 날리며 떨어지는 수많은 입자들
나도 떨어지고
너도 떨어지고
모두 떨어져 펼쳐진 새하얀 세상
겨울은 또다시 희망을 노래한다

꽃같이 살자 그랬죠

그대
꽃같이 살자 그랬죠

산을 벗 삼아
하늘에 구름을 벗 삼아
냇가에 흐르는 물 벗 삼아
따뜻한 햇살을 벗 삼아
그렇게 예쁘게 살자 그랬죠

사랑 엽서

숱한 외로운 밤과
애타는 젊은 날들의 가슴은 접어두고
이젠 당신으로 하여
마지막 남은 사랑이고 싶습니다

우리에게 기쁜 행복만 있기를
존경하는 마음과 감사만 있기를
당신과 함께 세상을 살다가
옛이야기 하며 웃는 날 있기를

순수한 가치

투명한 맑은 시냇물은
흐르다 흐르다 돌부리에 부딪치고
자갈과 모래에도 치이고
굽이굽이 힘겹게 흐르지만
깨끗하고 맑은 마음은 버릴 수 없다

순수한 것은 바보가 아니다
줄 수 있는 사랑을 모두 주고
감싸고 보듬어준다

아름다움은 아름답고
그렇지 않은 것은 아름답지 않은 것이다
아름답지 않은 것이 아름다움으로
변해 버린 세상이지만
맑고 순수한 가치는 살아있다

그래도 청춘

새카맣게 타버린 가슴
시리게 아픈 추억들
먹먹하고 슬픈 이별도 있었지만
생각해 보면
그때가 우리 인생의 봄날이었어

절망하고 쓰러지고
굵은 소낙비를 온몸으로 맞아
터지고 멍들어도
생각해 보면
그때가 우리 인생의 봄날이었어

지나 보니 아름답고 고운 추억들
치열하게 살아가는 현실이 힘겹고
도무지 앞이 보이지 않아도
생각해 보면
그때가 우리 인생의 봄날이었어

인생에 대하여

사는 게
무슨 특별한 법칙이 있을까요
물이 높은 곳에서 흘러 바다를 이루듯
그저 세월이 흐르고
계절이 바뀌는 것이 인생이겠죠

한 걸음만 뒤에서 보면
감사하는 마음이 사랑하는 마음이
인생을 풍요롭게 만들 텐데요
가지고 싶은 것을 위해 쉼 없이 달리다 보면
이미 가진 것에 대해선 감사의 마음이 없어지죠

행복한 것과
행복하지 않은 것
만족하는 것과
만족하지 못한 것
잘사는 것과
못사는 것
늘 인생의 숙제 같아요

이별법

해거름 노을이 지는 길에는
스산한 바람이 불고
나뭇가지에 초겨울을 알리는
낙엽이 떨어진다

이젠 떠나야 할 때
마음의 준비를 마치고
저기 저녁 기차는 서서히 출발한다

추억하면 아름다운 기억
남아있는 자리가 아름답다면
후회 없다

떠나는 이는 미련이 남지만
때론 뒤돌아보지 않는 것이
아름다움을 간직하는 길이다

괜찮아 힘내

지독히 긴 겨울이 지나면
봄이 돌아올 거야
새들이 지저귀고
향긋한 꽃 내음도 풀풀 날리는
봄이 돌아올 거야

뭐 눈 한번 질끈 감고 이겨봐야지
봄이 잠깐 피곤해서 잠들고
꽃도 잠시 쉬는 중이야

여름 숲에서

여름 숲에는
강한 풀 냄새가 난다

파릇파릇 초록 잎에는
살아라 살아라 이야기하듯
시원한 위로가 있다

가끔 인생이 야속하고 캄캄할 때
숲으로 가라

자리에 앉아 숲을 느끼면
조금씩 변해 가는 마음을 알 것이다

사람이 사람으로 인해
상처받아 아픈 마음을 내려놓고
여름 숲에서 삶의 고단함을 쉬게 하자

행복해

마음을 나눌 수 있어서
대화할 수 있어서
같이 있을 수 있어서
사랑할 수 있어서
걱정을 공유할 수 있어서
기뻐할 수 있어서
위로할 수 있어서
위로받을 수 있어서
함께 밥을 먹을 수 있어서
함께 걸을 수 있어서
행복해

아름다운 인생

한번 이 세상에 태어나
당신을 만난 것으로 됐습니다
어느 해 어느 시간에 당신을 만나
애타게 사랑을 하고
진심으로 꿈같은 시간을 보냈습니다
당신의 고단한 이마에 입 맞추며
새벽이 오는 이 길에서 이제는 알 것 같아요
아름다움은 화려하거나
번듯한 보석이 아니라
따뜻하고 부드러운 당신
마음인 것을

길 앞에서

누군가는 길을 내고
누군가는 숲을 헤치고
강을 가로질러 갔으리라
절망의 때
주저앉고 싶을 때
흔들리지 않고
한 걸음 나가면 된다
누군가 걸으면 길이 되고
누군가 걸으면 희망이 된다
처음부터 길이었던 길은 없다

그런 사람

꽃처럼 향기를 나누어주는 사람
햇살처럼 세상을 밝히는 사람
누구에게든 편견이 없는 사람
누구든 그의 말을 들어주는 사람
위로가 마음에서 묻어나는 사람
환한 미소가 고운 사람
주위를 훈훈하게 하는 사람
사랑도 정직하게 하는 사람
맡은 일은 열심히 하는 사람
손 내밀 줄 아는 사람
기다릴 줄 아는 사람
그런 사람

변하지 않는 것

봄은 따뜻한 햇살 받아
만개한 개나리꽃으로
여름은 덥지만 시원한 바다같이
가을은 멋진 파스텔 톤 코스모스 같은
겨울은 온통 눈으로 더 하얗게
세월이 흘러도
변하지 않는 것은 아름답다

기억 속에도
지금도
사람도
세월이 흘러도
변하지 않는 것은 아름답다

기차를 타자

오늘
기차를 타자
차창 밖으로 보이는 푸른 강 물결을 보자

혼자면 어때
일상에서 벗어나 새로운 곳으로
추억을 만들고 설렘도 만들고
자신을 위해 시간을 쓰자

오늘
외로움에 지쳐 인생이 슬픈 사람은
기차를 타자

목적지를 지나면 어때
지나간 만큼 되돌아오는 풍경은
경험하지 못한 즐거움을 주겠지

외로움이란

외로움은 누구에게나 있다
혼자 있을 때도
둘이 있을 때도
혼자가 둘이 될 때 망각하지만
익숙해지면 또 외롭다

외로울 때가 있고
그렇지 않을 때가 있다
이상하게 외로울 때만 생각하고 느낀다
그러니 외로움과 친해지자

바람을 느끼고
꽃을 보고
나무 향을 맡고
사색하고

봄 여행

가자
해안선 따라
왕벚나무 아래서 꽃비를 맞으며
거닐어보자
복잡한 일상은 버리고
오늘같이 환하게 웃어보자

움츠렸던 어깨를 펴고
따스한 봄기운을 느끼며
온몸을 햇살에 던져보자
잔잔한 바람은 커피 향을 부르고
파란 하늘은 감미로운 쇼팽을 부른다

가자
리듬을 타고 즐겁게 달리자
랄랄라 봄이다

첫사랑 그때

밤하늘 나와 별의 거리만큼
온통 분홍빛으로
가득 찼어요
뛰는 가슴
눈앞에 펼쳐진 축복
같이 있고 싶은 마음
서로를 위하는 사랑
행복한 그리움
즐거운 여행
그대를 기다리는 애틋함
함께 길을 걷는 즐거움
눈 오는 풍경
바닷가의 추억

소중한 것

하늘의 별처럼
절벽에 핀 꽃처럼
닿을 듯 손에 닿지 않는 것

가진 것보다는
멀리 있어 가지지 못하고
바라만 봐야 하는 것

노력해서 얻어지는 것이
쉽게 얻은 것보다 소중한 것
소중함에는 사연이 있다

다 외롭다

살아있는 것들은 다 외롭다
지치고 다치고 쓰러질 때가 많다
살아있는 것들은 다 외롭다
별도리 없이 생활에 허덕이다 보면
더 깊은 곳으로 추락해 버린다

삶이란 어차피 혼자 와서 혼자 가는 것
외롭다고 슬퍼할 일이 아니다

가야 한다는 건

가야 한다는 건
미련을 밟고
그리움을 밟고 가는 것

한 걸음 한 걸음마다
서릿발 같은 차가운 심장을
움켜쥐는 것

상처

사람으로 인해 입은 상처는
또 사람으로 인해 치유를 받는다

가슴 아픈 사연 하나쯤 묻어두고 살다 보면
그 상처 보듬어줄 누군가를 만나
그때서 자유를 얻는다

인생살이

하루 앞을 볼 수 없다
그저 그러니 멋모르고 살 수밖에
두렵다거나 행운이 온다거나
도무지 앞을 알 수 없는 것이 인생이다

더 이상 할 수 없다는 나약함
미래에 대한 불안감
끝끝내 돌이킬 수 없는 시간들
행복이나 기쁨도 잠시
그저 그러니 살 수밖에
그저 그러니 위로하며 살 수밖에

인생이란 게

긴 여행입니다
어쩌면 짧은 여행일 수도 있겠네요

많은 일들이 있었죠
사랑하고 슬퍼하고
이별하고 사무치도록 그리워도 하고

인생이란 게 복잡한 것 같아도
얼마나 간단명료한지
살아본 사람도 살아갈 사람도
결국은 같은 굴레를 돌아요

그리움의 시

사랑하는데
애타게 사랑하는데
당신을 보내야 하는 마음은

앙상한 나뭇가지에 낙엽이 떨어지는 풍경처럼
이렇게도 마음을 스산하게 하고
쓸쓸하게 하는지요

얼마나 아파하고
얼마나 더 아쉬워하며
또 그리워해야 하는지요

꽃이 피고
나뭇잎이 조금씩 움트는 봄이 오면
그때는 추억하며 웃는 날 있겠지요

마지막

마지막이라는 말은
적막하다
계절의 마지막 겨울
인생의 마지막 죽음
사랑의 마지막 이별
거리에 휑한 스산함같이

슬픈 빗방울
온 산을 덮은 눈
땅으로 내리는 세찬 바람
앙상한 가지에 걸린 얼음꽃
피고 지는 꽃같이

행복

말로는 그대 사랑하는 마음을
다 표현할 수 없습니다
살아갈 날들은
겨울 햇살처럼 짧은데

그대는
그 햇살이 눈부시다 합니다

인연

얼굴만 보고 있어도
벅찬 감동이 있는
사람이 있습니다

말하지 않아도
포근한 느낌이 좋은 사람
손잡음의 행복을 깨닫게 해준 사람
만나면 헤어지기 싫은 사람
떨어져 있으면 그리운 사람

순간순간 참 행복하다
느끼게 하는
그런 사람이 있습니다

당신이 좋습니다

마음에 묻어 나오는
미소가 예쁜 사람
따뜻함으로 주위를 훈훈하게 풍기는
정이 많은 사람이 좋습니다

꽃처럼 웃는 웃음으로
향긋함을 나누어주는 사람
햇살처럼 세상을 넉넉히 밝히는
온기 있는 사람이 좋습니다

살다 보면 지치고 힘들어도
꿋꿋이 이겨내고 더없이 넓은 가슴으로
오히려 위로하는
그런 당신이 좋습니다

길을 가자

길이 없으면 길을 내고
산이 막으면 산을 헤치고
넘어지면 다시 일어나고
무소의 뿔처럼 가자

희망의 끈을 놓지 않고
용기 잃지 않고
주저앉지 않고
포기하지 않고
믿음 잃지 않고

삶이란

만나면 헤어지고
헤어지면 또 만나고

해가 지면 해 뜨고
바람 불면 낙엽이 떨어지고
길을 가면 다시 길을 돌아오고
겨울 가면 봄 오고
여름이 오면 장맛비가 내리고
태어나면 떠나가고

그렇게 살아도

이상해요
이 세상에
얼마나 오래 살겠다고들 그러는지
천만년 살 것도 아니고
살아온 세월이
유수같이 훌쩍 지나온 걸 알면서

행복은
아름다운 동행은
별것 아닌데
서로 생각해 주고
함께 있어주고
좋은 일에 기뻐해 주고
그렇게 살아도 부족한 인생인데요

나를 키우는 기쁨

돌부리에 걸려 넘어지고 주저앉아도
다시 일어서서 나를 키운다
다 가진 사람은 행복하지 않다
무엇을 목표로 삼고
삶의 소중함을 어찌 알 것인가

앞이 보이지 않는 새벽안개를 걸으며
깨지고 부서져도 조금씩 나아간다
꿈은 넘어지고 다치는 아픔 속에서
나를 키우는 기쁨이다

사랑은

사랑은
정성을 드린 만큼
마음을 다한 만큼
지속적으로 준 만큼
이해하고 위로한 만큼
소중하게 됩니다

사랑은
세월이 쌓이고
추억이 쌓이고
감동이 쌓이고
인내가 쌓이고
비로소 완성됩니다

사랑은
항상 주는 것 같지만
받는 게 많죠
바보 같지만
바보가 아니죠
미련한 것 같지만

지혜롭죠

어떤 힘든 일이 와도

힘들지 않죠

사랑은 사랑은

함께하는 것입니다

소중함에 대하여

따뜻한 마음은 행복한 순간은
부푼 희망은 돈으로 살 수 없습니다
어쩌다
돈으로 평가되는 세상이 되었는지

소중한 것은
거의 대부분
돈으로 살 수 없는 것들입니다

세상을 살다 보면
당신도 언젠가 지치고 외로워
눈물겹게 힘들 때가 있겠지요

소중함은
사랑하고 믿고 옆에서 힘을 주고
진심 어린 가슴으로 기다려줄 수 있는
마음입니다

행복한 동행

뒤돌아보지 말아요
나만 믿고 따라와요

봄을 좋아하듯 꽃처럼 예쁘게
여름을 좋아하듯 시원한 바람처럼
가을을 좋아하듯 낙엽을 밟으며
겨울을 좋아하듯 하얀 눈처럼

그대가 있어서 그리고 내가 있어
인생이 행복하듯
뒤돌아보지 말아요

행복하다

그대와 함께 있어 행복하다
여유로운 창으로 들어오는
나뭇잎과 꽃들이 있어
잠시 짬을 낸 시간에
한 잔의 커피가 있어
거리를 걸으며
사색할 수 있어 행복하다

한 주를 열심히 일하고
주말이 있어 행복하다
가족이 있어
피곤한 몸을 쉴 수 있는 밤이 있어
운전을 하며 듣는
감미로운 음악이 있어 행복하다
나를 필요로 하는
사람들이 있어 행복하다

웃을 수 있어
사랑할 수 있어
위로할 수 있어

위로받을 수 있어 행복하다
행복은 소소한 것들이어서
항상 옆에 있어 행복하다

힘 되는 말

애썼어
밥은 먹었니
사랑해
따뜻하게 입고 다녀
축복해
다 잘될 거야
걱정하지 마
그럴 수도 있지
괜찮아
넌 할 수 있어
조금만 참으면 돼
널 위해 기도해
고마워

힘이 되는 말입니다
부족하지 않게 많이 하세요
마음이 마음에게 전하세요
넘치면 넘칠수록
위로가 되겠지요

그리움이란

산 넘어 걸린 구름은 가는 길이 애달파
발길이 떨어지질 않아요
봄 오면 개나리꽃 노랗게 핀 자리가 먹먹해서
돌아설 수 없는 이 마음을 어찌합니까

지리산 자락 흐르는 냇물엔
추억이 흐르고 꽃잎도 빛나
냇가에 온통 물빛이 정겹습니다

물어보고 싶어요
사랑하는 마음이 얼마나 소중한지
그리움을 키우는 마음이 얼마나 행복한지
그대도 그 마음 아는지

해마다 봄 오면 개나리꽃이 피고
산 넘어 걸린 구름은 가는 길이 애달파
발길이 떨어지질 않아요

길에서 추억

비처럼
살아온 기억이 하늘에 내리고
커피 향처럼
은은하게 거리를 맴돌아
사랑하는 것
소중한 것
그리운 것들은
해 질 녘쯤에야
애틋해진다

인생 여정

한때 사랑한 사람과
한때 슬프도록 애달픈 사람과
한때 함박웃음으로 황홀하던 사람과
한때 그리움으로 몸부림치던 사람과
한때 추억하며 커피 향을 즐기던 사람과
한때 손잡고 산책을 즐기던 사람과
한때 긴 밤을 잠 못 들게 하던 사람과
한때 바다에서
한때 그 길에서
한때 햇살 좋은 숲에서

아직도 끝나지 않은 여행을 떠나는
가을날 버스 정거장 앞에서

동반자

스산한 산길을 걷는
인생의 힘든 모퉁이마다
다시 일어설 힘이 되어주는

쓰러질 듯 비틀거리며
걸어가는 길에
한 줄기 빛이 되어준 그대

악몽을 꾸다 잠에서 깬 새벽녘
좀처럼 다시 잠에 들지 못하는 내게
식은땀을 닦아주는

따뜻한 커피같이 온기 있는 손길로
그윽이 바라봐 주며
그리움도 다시 꽃피우게 하는 그대

희망하는 것

물이 흐르는 것은
땅에 굴곡이 있기 때문이다
그렇게 흘러 강에도 가고
바다도 간다

우리 사는 인생도 굴곡이 있어
결국 희망하는 것을 이루어낸다
고통은 피부에 닿고
꿈은 언제나 먼 데서 온다

사람마다 어깨에 짊어진 무게가
절망으로 다가와
한겨울 등 돌린 나무처럼
쓸쓸한 풍경을 만든다

그리운 것은 천천히 오고
멀리 있는 희망도
긴 밤을 보내야 온다

가을 사랑

사랑을 알면
가을을 좋아할 테지
낙엽들의 사연을
소곤소곤 떨어지는 이야기를
저녁 강가에 갈대의 흔들림을
서산에 부는 바람의 속삭임을
아직도 남아있는 따스한 햇살을

사랑을 알면
가을을 좋아할 테지
가을꽃의 향기를
찰지게 젖은 가을비의 풍경을

가을이다

외롭다고
외롭다고
가을이다
낙엽이 거리를 붉게 물들이고
스산한 바람은 이마를 스친다

사랑하는 사람이 곁에 있어도
쓸쓸하다고
쓸쓸하다고
가을이다

매일 한 뼘씩 단풍이 물드는 가을
길가에 코스모스 울긋불긋한 가을
저녁 강가에 국화꽃이 피어나는 가을

수많은 빗방울이 가슴을 후비고
찰지게 젖은 나뭇잎이
운치 있게 길가를 수놓는다

길 위에서

사라졌으면 하는 것은 남고
남았으면 하는 것은 사라진다

그리운 것은 멀리 있어 더 그립고
눈앞에 있는 일상은
너무도 잔잔해서 더 슬프다

세월이 흐르는 것이야 어쩔 수 없는 일
바람에 구름 가듯 강물이 바다로 가듯
당연한 것이겠지

그리운 것은 그리운 대로 두고
또 하루 그리움이 될 날을 채워야겠다

들국화

보고 싶다고
기억한다고 말할까

들국화처럼 예쁜 추억
하늘에 뭉게구름처럼 펼쳐있고
해 지는 저 노을빛이
그리움이라 말할까

그리움도 사랑이라 말할까
아직도 그립다고 말할까

그리움

산산이 부서지는 햇살로 봄이 옵니다
어제 같은 인연은 벌써 수십 년이 흐르고
이 봄날도 수없이 흘렀습니다
겨울같이 혹독한 이별은
온몸을 찢긴 겨울나무처럼
찬 서리와 눈보라를 견디어내고
다시 그리움으로 왔습니다

이별을 모르면 절절한 사랑도 모르듯
사랑을 하면 정말 사랑을 하면
평생 잊을 수 없는 것이 이치에 맞겠지요
빗방울이 무거워 땅에 떨어지듯
오늘같이 하루 종일 비 오는 날은
그리움도 무거워 마음 밭에 떨어집니다

샘터

오랜 기억 속에 좋은 인연
생각하면 할수록 편한 사람이고 싶다

살다가 힘에 겨워
휴식이 필요한 이의 안식처가
외딴 마을에 기러기 떼 쉬어 가듯
지나는 이의 샘터가 되어
가진 것 내어주고 베풀 수 있는
넉넉한 마음이고 싶다

일상을 벗어나 꿈 같은 곳이고 싶다
숲에 새가 노래하고 산 중턱에 구름 끼어
나무랑 풀이랑 노란 나비들과 함께
세월을 노래하고 싶다
신비로운 세상에서
그대의 친구이고 싶다

그대를 향한 위로자
그대를 향한 동지
그대를 향한 연인이고 싶다

희망 편지

깊은 밤 별빛에 기대 미끄러지듯
네게 달려갈 수 있다면
아무리 어려운 일에도
뛸 수 있는 열정이 있다면
사는 동안 향기가 되어
사람을 위로할 수 있다면
나비처럼 훨훨 날아
자유를 향해 날갯짓할 수 있다면

당신의 진가를 제일 먼저 알아보고
응원할 안목이 있다면
겨울밤 화로에 앉아
군고구마 하나에 행복할 수 있다면
인생을 사는 맛이 물질보다는
마음에 있다는 걸 알 수 있다면
힘들어하는 그대에게
따뜻한 말 한마디 할 수 있다면

희망 풀꽃

바람에 몸을 실어
바람이 인도하는 데로
나는 어디든 날아가
나는 늘 떠날 준비가 되어있어
어떤 환경도
어떤 어려움도
돌 틈도
가시밭도
다 이겨낼 용기가 있거든

어디에서든 그곳에 꽃을 피우고
열매를 맺지
작고 이름 모를 들풀이지만
그래도 어엿한 꽃이니까

들꽃 2

작은 꽃이지만
예쁘지 않은 꽃은 없다
유명한 꽃처럼
뽐내지 않아도
너는 오늘도 예쁘다

힘내

힘들지만 참아
다들 그러고 살아
어느 봄날
겨울을 견딘
들꽃이 말했다

낙엽이 부른다

죽음을 맞는 낙엽은
온몸을 태워 아낌없이
떨어진다

낙엽이 부른다
다투지 말고
시기하지 말고
미워하지 말고
곧 쌀쌀해지면 겨울이 온다고
열심히 살라고
낙엽이 부른다

청춘

꽃송이를 건네며 마음 설레던 기억
어렴풋한 그리움으로 아련한 추억으로
아직도 미소 지을 수 있는 것

애쓰고 노력하는 것이 사랑인 것을
가을날 계절의 향기를 담아
꽃 편지지에 한 줄 한 줄 써 내려가던 설렘
너로 인해 마음에 꽃밭을 만들어
가꾸는 기쁨을 안 것

꽃을 만나듯
너를 만났던 시간

민들레

사랑을 찾아 떠나는 여행
하얀 홀씨가 공중에 수를 놓듯
밤하늘에 별은 무수히 반짝이고

이제 가자
언제든
어디든
설레는
당신 찾아

추억 이별

추억 속에 당신을 묻고
연둣빛 그리움들이
또 가을을 맞습니다

사랑이 올 때는
그리도 천천히 오시더니
갈 때는 그리도 빨리 가셨습니까

쓸쓸함도 사랑이고
그리움도 사랑이고
외로움도 사랑이고

그렇게 오신 당신
갈 때는 그리도 빨리 가셨습니까

발자국

살아온 발자국마다 사연이 되고
흐릿한 안개비에 젖은 그리움
어느 외등에도 걸리고
좁은 골목길에도 걸리고

구름처럼 바람에 몸을 맡겨
세월 따라 서서히 흘러
발자국이 남는다

어느 카페에도
달맞이고개에도
광한루에도
스치는 사람들과 함께 흔적을 남긴다

들꽃처럼 사연을 만들어 여러 점이 되고
서산에 노을 가듯 붉게 물든다

가을 들길에서

살다가 살다가 저 산에 노을이 질 때
그래도 인생이 아름다웠으면 좋겠다

가을꽃의 은은함이 반갑게 느껴질 때
그래도 인생이 의미 있었으면 좋겠다

수많은 그리움과 이야기들이 사라질 때쯤
그래도 인생이 행복했으면 좋겠다

아름다운 여행 2

하얀 민들레 홀씨가 하늘을 날아간다
누군가의 마음을 담아 꼭 사랑을 전달해야 하는데
나는 어디든 날아가지
혹시 모르지 가시밭이라도
자갈밭이라도 이겨내야 해
또 있어 비바람이 치고 하늘에서 천둥이 쳐도
잊어서는 안 돼
나는 사랑하는 마음을 전달해 주는 민들레니까

그래 여기야
저기 앞에 마당이 있네
그럼 매일 사람을 볼 수 있는 거잖아
혹시 날 알아볼 수 있을까
혹시 날 반겨줄까
아니야
몰라줘도 괜찮아 뭐
난 매일 얘기할 테니까

혹여 오가는 길에 노란 민들레가 방긋 웃어
당신 눈으로 들어오면

환하게 웃으며 말을 할 테야
언제까지나 널 사랑해
내가 무슨 말을 하는지 넌 안 들리겠지
하지만 나는 언제까지나 널 사랑해
라고 말하고 있어

들을 수 있어도 들리지 않아도 사랑하는 마음이란
그런 거니까

어느 날 길을 묻다

마음을 비우면
욕심을 버리면
노력하면 될까

희망을 가지고
살다 보면
다시 한 번 살아보면
살아질까

울고
웃고
그렇게 자연스레
살다 보면 살아질까

봄꽃

희망을 생각하며
차디찬 땅속에서 견뎌냈을
수많은 아픔도 생각하며
너를 기다렸다

잔잔한 햇살이 콧등을 스치는 날
반갑게 눈 마주치며 너를 만난다

살아줘서
고맙다

인생

아무것도 없는 공간
텅 빈 공간
시작하기 두려운 공간
상념의 시간
너의 길
그리고 나의 길
존재의 가치는 점이 되어
모래알처럼 작은 존재
시작도 끝도 불분명한 길
미치지 않고 살아도
미친 것과 같은
아는 것 같아도
아무것도 모르는
그리고 다시 돌아가는 것
그것이 인생

너였던 별에서

거리를 헤매는 시간도

어느 곳에 정착한 시간도

모든 것을 털고 훨훨 날아갈 시간도

어느 때까지 혼자여야 할 시간도

함께한 모든 날도

버리지 못한 소중한 날도

초라해진 모습도

행복한 모습도

모두 두고 내려놓아야 할 때도

그리고

아무것도 남지 않은

어느 별에서 잠시 살다 간

너였던 별에서

사랑이란

미안하다
못 해줘서 미안하고
더 못 줘서 미안하고
모든 걸 주어도
그것밖에 안 돼서 미안하고
그저 미안하다

잊힌 계절

세월이 지나면
한껏 나래를 펴고
날 수 있겠지
나도 너처럼
망각의 시간으로
갈 수 있겠지

세월이 지나면 아무것도 없는
하얀 기억으로만
남을 수 있겠지
나도 너처럼 아무것도 없는
공간으로
갈 수 있겠지

수많은 기억조차도 모두 잊고서
무의 세계로
갈 수 있겠지
나도 너처럼

운명

누구는 삶이 헛되고 헛되다고 했다
죽음 앞에서는 어떤 것도 의미가 없다
사랑하는 것 그 사랑을 몰라주는 것
이별하는 것 만난다는 것
돈도 명예도 그렇다
죽지 못해 사는 것 살지 못해 죽는 것
죽음이란 피해 갈 수 없는 운명
그래도 공평한 건
누구나 죽는다는 것

빗소리

톡 톡 톡
한적한 분위기가
산이든
바다든
도시든
기억을 만든다

'들꽃'이 전해 주는 노래

차성환(시인, 문학박사)

　이성진 시인은 꽃으로 비유된 인간 존재의 아름다움을 노래하면서 그 아름다움을 위해 생이 감당해야 할 슬픔을 보듬어 안는다. 그의 시는 삶이 힘들고 상처받은 자들을 넉넉히 품어준다. 시집 『너는 너대로 아름답다』는 제목이 말해 주듯이 존재 자체에 대한 무한한 긍정을 통해 우리에게 삶의 어려움을 헤쳐 나갈 수 있는 힘을 불어넣어 주고 있다. 여기서 '꽃'은 한없이 연약하지만 생의 충만함으로 가득 채워져 있는 존재로 그려진다. '꽃'이란 곧 인간이 궁극적으로 도달해야 할 존재의 원형이며, 우리는 그 '꽃'이 보여 주는 삶의 방식을 배우면서 살아가야 한다.

　이성진 시인은 시를 쓰고 그것을 노래로 만드는 작업을 오랫동안 해왔으며 이번 시집도 그러한 작업의 연장선상에서 이해되어야 할 것이다. 『너는 너대로 아름답다』의 시편들이 귀에 익숙하고 편안하게 읽히는 것은 그의 시가 남녀노소 불문하고 폭넓게 수용될 수 있는 대중적이고 보편적인 목소리를 가지고 있기 때문이다. 그는 마음을 나누는 친한 친구에게 말을 건네듯이 시를 쓰면서 어렵지 않고 친숙한 화법을 통해 생의 소박한 진실을 노래한다. 우리 눈앞에 보이는 생의 아름다움 뒤편에는 고통과 어려움으로 점철된 시간들이 감춰져 있다는 바로 그 진실 말이다. 존재가 숙명적으로 가질 수밖에 없는 슬픔을 이겨냈을 때 비로소 생의 아름다움은 꽃을 피우게 된다.

> 하얀 비 날리며 흩어지는 너의 모습
> 봄빛 좋은 날 나도 너처럼 황홀하게 날고 싶어
>
> 꽃잎을 하나하나 엮어 꽃 피우려고
> 얼마나 긴 겨울밤을 참고 인내했는지
> 말하지 않아도 알아
>
> 늦은 봄이 오면 분홍 꽃잎 우수수 떨어져
> 아쉽고 안타깝지만 내리는 꽃비를 보면
> 봄이 참 아름다워
>
> 무심한 세월이 흐르고 또 봄 오면
> 바람에 실려 꽃잎 타고 하늘로 올라
> 잊지 않고 찾아오겠지
>
> ─「벚꽃에게」 전문

우리들 대부분은 벚꽃놀이의 기억을 한두 개씩은 간직하고 있을 것이다. 「벚꽃에게」는 "벚꽃"의 아름다움에서 생生이 가진 의미를 발견하고 있는 시이다. 시인은 "하얀 비"처럼 흩어져 휘날리는 "벚꽃"을 보면서 그 생생한 아름다움에 황홀감을 느낀다. 아이러니하게도 "벚꽃"이 보여 줄 수 있는 절정의 화려함은 자기 생명의 근간이자 모태母胎가 되는 나무의 가지에서 떨어져 나왔을 때이다. 그것은 곧 죽음을 의미하기에 "아쉽고 안타"까운 일이지만 생의 아름다움에 헌신하는 "벚꽃"의 완성을 위해서 반드시 필요한 일이다. 오로지 "꽃비"로 쏟아져 내리는, 찰나와 같은 그 순간을 위해서 "벚꽃"은 모든 일을 예비해 온 것 같기도 하다. "벚꽃"의 떨어짐은 종결과 쇠락이 아니라 시작과 비상飛翔의 의미를 갖는다. 그러기에 "나"는 그런 "벚꽃"의 아름다움에 취해 "황홀하게 날고 싶"다고 말하는 것이다. 분분히 흩어져 떨어진 "벚꽃"은 어느덧 사라지고 그것의 존재는 점점 잊힌다. 하지만 세월이 흘러 다시 봄이 오면 사라진 "벚꽃"은 "바람에 실려 꽃잎 타고 하늘로 올라" 우리에게 "잊지 않고 찾아"온다. "벚꽃"의 아름다움은 사라지지 않는다. 생과 사가 얽혀 있는 삼라만상森羅萬象의 법칙에 따라 영원히 반복된다.

　　이성진 시인은 단순히 "벚꽃"의 아름다움만을 노래하는 것이 아니라 그 아름다움을 위한 고통의 시간을 섬세하게 톺아본다. "벚꽃"의 아름다움 뒤편에는 그 "꽃잎을 하나하나 엮어 꽃 피우려고" 죽은 듯한 마른 나뭇가지 속에 숨어 "긴 겨울밤을 참고 인내"하는 시간이 켜켜이 채워져 있다. "벚꽃"의 "꽃

비"가 '봄을 참 아름'답게 만들듯이, 미처 우리가 발견하지 못했던 생의 진실을 밝히 보여 주는 시인의 시선은 이 봄을 한층 더 아름답게 만들어준다. 벚꽃이 벚꽃으로서 스스로 지녀야 할 삶의 무게가 있는 것처럼 모든 꽃들은 각자가 감당해야할 존재의 무게가 있다. 꽃에게 어떤 이유가 있어서 그런 것이 아니라 그 존재 자체로, 그 고귀한 생명 자체로 아름다움을 지닌다. 이 생명은 남들은 알 수 없는 고독한 자기 투쟁의 결과물이기 때문이다. 저절로 생성되고 만들어지는 것은 없다. 우리 인간들도 마찬가지이다. 그리고 아름다워지는 것은 살아있는 존재가 가져야 하는 최후의 사명이 된다.

산 넘어 걸린 구름은 가는 길이 애달파
발길이 떨어지질 않아요
봄 오면 개나리꽃 노랗게 핀 자리가 먹먹해서
돌아설 수 없는 이 마음을 어찌합니까

지리산 자락 흐르는 냇물엔
추억이 흐르고 꽃잎도 빛나
냇가에 온통 물빛이 정겹습니다

물어보고 싶어요
사랑하는 마음이 얼마나 소중한지
그리움을 키우는 마음이 얼마나 행복한지
그대도 그 마음 아는지

해마다 봄 오면 개나리꽃이 피고

산 넘어 걸린 구름은 가는 길이 애달파

발길이 떨어지질 않아요

—「그리움이란」 전문

  시인은 살아있는 존재의 현현顯現을 목도한 자이고 지금은
없는 그 대상을 끊임없이 되새김질하여 현실에 불러오는 자
이다. 시 「그리움이란」에서 "산 넘어 걸린 구름"의 "발길"이
쉽사리 떨어지지 않는 이유는 "개나리꽃 노랗게 핀 자리가
먹먹해서"이다. "개나리꽃"을 두고 떠나기가 애달픈 "구름"
의 마음은 "사랑"으로 드러난다. "봄"이 오고 얼마 동안 잠시
이 세상에 피어있는 "개나리꽃"은 지상에서 짧은 순간 명멸明
滅하는 존재이기에 더없이 소중하고 아름답다. "살아갈 날
들은/ 겨울 햇살처럼 짧은"(「행복」) 것이다. 우리는 잠시나마
그 존재의 빛에 매혹되고 사로잡히게 되지만 눈앞에 살아있
는 모든 것들은 영원할 수 없다. 이 세상에 태어나는 모든 존
재들은 이별과 죽음을 숙명적으로 안고 태어나기 때문이다.
우리는 너무나도 이른 시기에, 평생 영원할 것처럼 눈부시
던 "개나리꽃"을 뒤로하고 떠나야 하는 때를 맞이하게 된다.
우리 생生의 대부분은 바로 그 짧은 환희의 순간을 간절하게
되새김질하는 "그리움"으로 채워지게 될 것이다. 이는 '꽃'이
우리에게 가르쳐주는, 존재의 근원적 그리움이다.

  힘들지만 참아

다들 그러고 살아

어느 봄날

겨울을 견딘

들꽃이 말했다

―「힘내」 전문

희망을 생각하며

차디찬 땅속에서 견뎌냈을

수많은 아픔도 생각하며

너를 기다렸다

잔잔한 햇살이 콧등을 스치는 날

반갑게 눈 마주치며 너를 만난다

살아줘서

고맙다

―「봄꽃」 전문

"들꽃"과 같이 소품에 가까운 위의 시편들에서 시인은 인생
이 가진 또 다른 아름다움을 발견한다. 우리 모두는 각자 생
의 고투 속에서 간신히 버티다시피 살아가지만 그 와중에 "겨
울"을 좀 더 견딜 수 있게 하는 것은 서로가 서로에게 보내는
따뜻한 격려의 눈빛이다. "힘들지만 참아/ 다들 그러고 살아"
라며 혹독한 "겨울"을 견디고 피어난 "들꽃"의 말이 그렇고,

"살아줘서/ 고맙다"며 "차디찬 땅속에서" "수많은 아픔"을 이겨내고 "잔잔한 햇살"이 감도는 지상 위로 생명을 피어올린 "봄꽃"에게 건네는 말이 그렇다. 이성진의 시는 화려한 미사여구 없이 담담하고 수더분한 "들꽃"처럼 피어있다. "살아줘서/ 고맙다"고, 아무 일 없다는 듯이 무심코 툭 우리의 발밑에 내려놓는다. 우리는 그가 '꽃'에게 배운, 인생의 소박한 진실에 귀 기울일 필요가 있다.

> 사랑을 찾아 떠나는 여행
> 하얀 홀씨가 공중에 수를 놓듯
> 밤하늘에 별은 무수히 반짝이고
>
> 이제 가자
> 언제든
> 어디든
> 설레는
> 당신 찾아
>
> ─「민들레」 전문

> 하얀 민들레 홀씨가 하늘을 날아간다
> 누군가의 마음을 담아 꼭 사랑을 전달해야 하는데
> 나는 어디든 날아가지
> 혹시 모르지 가시밭이라도
> 자갈밭이라도 이겨내야 해

또 있어 비바람이 치고 하늘에서 천둥이 쳐도

잊어서는 안 돼

나는 사랑하는 마음을 전달해 주는 민들레니까

　　　　　　　　　　　　　—「아름다운 여행 2」부분

　그의 시는 "사랑을 찾아 떠나는" "하얀 홀씨"(「민들레」)처럼
"당신"을 찾아 나선다. 삶에 지치고 힘겨워하는 "당신"에게
"사랑"을 전달해 주기 위해서, 인생의 거친 "가시밭"과 "자갈
밭"에 빠져 포기하거나 "비바람"과 "천둥"을 두려워하지 않고
날아가고 있다. 그 사랑의 증거로 "밤하늘에 별은 무수히 반
짝이고" 있는 것이다. 얼어붙은 땅을 깨우는 봄꽃처럼, 괴로
움이 끝없는 바다와 같이 펼쳐진 이 고해苦海의 땅에 희망을
꽃피우기 위해 시를 쓴다. "바람에 몸을 실어/ 바람이 인도
하는 데로/ 나는 어디든 날아가/ 나는 늘 떠날 준비가 되어있
어"(「희망 풀꽃」)라고 고백하는 "희망 풀꽃"인 것이다.

　이성진 시인은 "꽃처럼 향기를 나누어주는 사람"(「그런 사
람」), "햇살처럼 세상을 넉넉히 밝히는/ 온기 있는 사람"(「당신
이 좋습니다」)이다. 그의 시는 기꺼이 "살다가 힘에 겨워/ 휴식
이 필요한 이의 안식처"이자 "지나는 이의 샘터가 되어"(「샘터」)
준다. 모든 것이 자본으로 환산되는 이 시대에 "따뜻한 마음
은 행복한 순간은/ 부푼 희망은 돈으로 살 수 없습니다/ 어
쩌다/ 돈으로 평가되는 세상이 되었는지// 소중한 것은/ 거
의 대부분/ 돈으로 살 수 없는 것들입니다"(「소중함에 대하여」)
라고 나지막하게 노래하며 우리가 "오래도록 잊고 있던 심장

의 뛰는 소리"(『기차역에서』)를 들려준다. "작은 꽃이지만/ 예쁘지 않은 꽃은 없다"(『들꽃 2』)며 작은 미물에서도 존재의 아름다움을 발견하는 그에게는 "들꽃"의 시심詩心이 있다. 말갛고 풋풋하다. 곧 봄이 온다. 이성진 시인의 시집『너는 너대로 아름답다』는 아무도 모르게 당신의 가슴속에 작은 꽃씨 하나를 심어놓을 것이다. 이내 환한 얼굴로 그 꽃을 마주하게 되리라. '꽃'의 살아있음 자체가 아름다움이듯이 우리 삶 또한 그러하다.